LES

DEUX PARADIS

D'

ABD-ER-RHAMAN

Jules TELLIER

LES
Deux Paradis
D'ABD-ER-RHAMAN

A PARIS

Chez Emile Paul frères, éditeur,
rue du faubourg Saint-Honoré, 100

MCMXXI

LES
DEUX PARADIS
D'
ABD-ER-RHAMAN

I

ien n'est plus triste que certains jours d'hiver dans la montagne algérienne. A Constantine, il est des moments où l'on pourrait se croire dans les pays du Nord. Les rues sont noires et l'atmosphère pâle; on a autour de soi le brouillard et sous ses pieds la boue; on patauge et on grelotte. Mille choses pourtant vous rappellent que vous êtes en Afrique : des burnous blancs circulent, accompagnés parfois d'un parapluie vert; des indigènes, plus soucieux de leur chaussure que de leur personne, marchent pieds nus, avec leurs sandales à la main; des Kabyles, juchés sur leurs mulets, vous crient « Bâlek ! » d'une voix ennuyée; ça et là, un troupeau de chèvres, guidé par un vieillard biblique, défile avec lenteur devant les cafés où les Roumis s'absinthent, protégés par les portes bien closes; et là-haut, sur le minaret dont la partie supérieure se perd dans la brume blanche, un muezzin qu'on ne voit pas hurle mélancoliquement aux quatre coins de l'horizon...

II

C'était le soir d'un de ces jours-là. On
était en décembre; la nuit était tombée,
et le temps était brumeux et froid. Pourtant le vieux tâleb Abd-er-Rhaman-Ben-
Lounis se promenait seul, par les ruelles
tortueuses du quartier arabe; et il ne
semblait pas qu'il se souciât du froid ni
de la brume. Il allait lentement, le vieux
tâleb, appuyé sur son bâton, son visage
disparaissant à demi sous le capuchon du
burnous, sa longue barbe grise tombant
sur sa poitrine, pareil ainsi aux derviches
qu'on voit dans les images. Les ruelles
où il passait étaient étroites, raboteuses,
mal ou point éclairées, avec des pentes
subites et des angles brusques, tantôt
couvertes et tantôt non. Çà et là on
distinguait de vagues formes blanches,
accroupies dans l'enfoncement des portes
ou couchées sur le rebord des hânoutts.
Le vieux tâleb, marchant toujours, arriva
à cette rue, parallèle au ravin, qui tra-
verse le quartier dans toute sa longueur,
et il la suivit; mais après avoir fait quelques
pas dans la direction de l'antique porte
Bâb-el-Gebiâ, il s'arrêta devant une
maison basse blanchie à la chaux, res-
semblante à toutes les autres.

"C'est bien là ", murmura-t-il ; et, tandis
que de très vieux souvenirs lui revenaient
à l'esprit, il demeura longtemps immobile,
les yeux fixés sur cette maison dans ces
ténèbres.

III

C'était bien dans cette maison, en effet,
que soixante ans plus tôt le viel Abd-er-
Rhaman avait été à l'école pour la première fois, avec une foule d'autres enfants
à la tête rasée, gravement vêtus déjà du
burnous blanc à capuchon, pareils à de
petites caricatures gracieuses et solen-
nelles.

Abd-er-Rhaman était un enfant aux
cheveux blonds et aux yeux bleus, un de
ces Berbères dont le type témoigne clairement d'anciennes immigrations celtiques
dans l'Afrique du Nord. De tous les
écoliers qui venaient là il était le plus
curieux de savoir. Aussi, plus tard, il
étudia sous bien d'autres maîtres, et il
apprit bien d'autres choses. Et comme
il était riche, parvenu à l'âge d'homme, il
ne fut point forcé de pratiquer un métier
pour vivre, et pendant de longues années
il continua paisiblement ses lectures et
ses études.

Mais les Français entrèrent un jour à
Constantine, et ces nouveaux venus firent
perdre à Abd-er-Rhaman toute la paix
de son esprit. Son éducation les lui faisait
haïr, et cependant on ne sait quelle sym-
pathie l'attirait vers eux. Il apprit leur
langue et lut leurs livres. Jusque-là, il
avait cru au Koran d'une foi absolue ;
même il avait à peine imaginé qu'on pût
n'y point croire. Sans doute, il avait de
tout temps connu des juifs ; mais les juifs
n'étaient pas pour lui des hommes. Les
chrétiens le troublèrent profondément.
Leurs opinions s'emparèrent de sa pensée,
et n'en sortirent plus. Chaque jour il conçut quelque doute nouveau ; et à la fin il
ne resta presque plus rien en lui de la foi
du temps jadis.

IV

Ce soir-là le vieux tâleb était plus que
jamais tourmenté par ses doutes ; et c'est
pourquoi le désir lui était venu de revoir
la maison où, tout enfant, il avait com-
mencé à apprendre la parole du prophète.
Mais cette vue ne fit que l'attrister davantage, et, en reprenant sa marche, il ne

put s'empêcher de retomber dans ses réflexions.

Avant de sortir, il avait relu la belle et étrange page du Koran sur Marie, mère de Jésus : " Fais mention de Myriam quand elle s'éloigna de sa famille, et qu'elle se dirigea du côté oriental... " Malgré lui, il songeait à cet Aïssa que les juifs avaient crucifié et qu'adoraient les chrétiens. Ne pouvait-il être vraiment le fils de Dieu ? D'après le Koran même, un ange annonça sa naissance à Myriam, et elle le conçut par une opération surnaturelle. Allah avait-il jamais autant fait pour un autre prophète ? Et une telle faveur ne révélait-elle pas un être unique, supérieur à tout le reste des hommes ?

La mission de Mohammed, après tout, n'était pas si bien prouvée. Lui-même dans le Koran déclarait à vingt reprises qu'il n'avait pas reçu d'Allah le don des miracles. Aïssa le possédait, lui. Il guérissait les lépreux et les aveugles de naissance ; et même, avec un peu de boue, il façonna un oiseau qui se mit à voler.

Passe encore qu'Allah eût refusé le don des miracles à Mohammed ; mais lui avait-il vraiment accordé celui de connaître l'avenir ? Les prédictions du prophète ne se vérifiaient plus. " Si les infidèles vous combattent, avait-il dit, ils ne tarderont

pas à prendre la fuite ; ils ne trouveront
ni secours ni protecteur. " Or, les chrétiens avaient vaincu les croyants dans
presque toutes les batailles ; ils étaient en
Afrique depuis cinquante ans, et on n'es-
pérait point les en chasser de sitôt. La
parole de Mohammed était donc convaincue
de fausseté, — à moins pourtant qu'Allah
ne voulût, en donnant la victoire aux chrétiens, punir son peuple de ses fautes, ou
peut-être éprouver sa fermeté dans la foi.

Comment sortir de tous ces doutes ?
Plus Abd-er-Rham méditait, plus il lui
semblait difficile de décider entre les deux
religions. La question était grave, pourtant. L'Evangile le menaçait de l'enfer
s'il doutait de la divinité de Jésus ; le
Koran le menaçait du Gehennam s'il ne
croyait point à la mission de Mahomet.

En songeant à tout cela, le vieux tâleb
continuait sa promenade. Rien ne le rap-
pelait au logis, car jamais il n'avait pris
de femme, et il n'était attendu que de ses
serviteurs. Aussi, du quartier Arabe, il
monta jusqu'à la rue Nationale, et de la
rue Nationale jusqu'à la rue de France.
C'était, en un quart d'heure, passer, pour
ainsi dire, d'un monde à un autre. Tout
à l'heure, dans les ruelles barbares, voi-
sines du ravin, il eût pu se croire encore
aux temps de son enfance, ou même, s'il

eût voulu, au siècle du Sultan Haroun-er-Raschid. Maintenant, il était dans une ville tout européenne. Les Français, toujours pressés d'aller on ne sait où, le coudoyaient sur l'asphalte du trottoir, éclairé par des réverbères disposés à distances égales. Au milieu du brouillard, brillaient les étalages des "magasins de nouveautés" et les bocaux rouges et verts des pharmacies à l'instar de Paris. Il arriva sur la place Nemours. Des fiacres stationnaient devant le théâtre. Comme c'était l'entr'acte, il y avait foule sur les marches de l'édifice, inauguré depuis peu. Une grande affiche rouge lui apprit qu'on représentait *Madame Favard*.

Il sentait obscurément une corrélation entre sa destinée et celle de cette Constantine où il avait toujours vécu. Depuis l'arrivée des Roumis, elle avait autant changé que lui et il avait autant changé qu'elle. Comme son esprit, après avoir été jadis simple et harmonieuse, elle était aujourd'hui troublée et composite ; et les choses nouvelles, en se substituant çà et là aux choses anciennes avaient produit dans les rues de la ville le même mélange incohérent et disparate que dans le cerveau du tâleb.

Il se promena longtemps dans la rue de France, bien que le brouillard et le froid eussent encore augmenté. Quand il reprit enfin le chemin de sa maison, la nuit était déjà avancée. Le silence était absolu. Seulement, dans les sombres ruelles, on entendait de loin en loin le « ahan » rythmé d'un boulanger arabe, qu'on pouvait voir travailler, demi-nu, en regardant à travers les planches mal jointes du hânoutt.

V

Le lendemain, le vieil Abd-er-Rhaman ne put se lever. Il avait trop prolongé sa promenade nocturne. Une pleurésie se déclara, et s'aggrava jusqu'à ne plus laisser d'espoir.

Abd-er-Rhaman, étendu sur son lit, très sombre, ne répondait pas même aux paroles d'encouragement de ses serviteurs, et des quelques amis qui venaient le voir. Maintenant qu'il se sentait mourir, ses incertitudes lui revenaient plus poignantes. Il était moins tourmenté par la douleur que par le doute; il avait moins peur de la mort que de la vie future.

Enfin, un soir, comme il était au plus mal, le domestique mulâtre qui le veillait le vit sourire tout à coup. Le vieillard

avait trouvé un moyen d'assurer son salut,
en dépit de ses doutes, un expédient à la
fois subtil et naïf, comme ceux des enfants
ou des sauvages.

— Frach, dit-il, envoie quelqu'un me
chercher le premier prêtre de la grande
mosquée des chrétiens; et surtout, qu'on
veille bien à ce que personne ne le voie
entrer.

Lorsqu'il fut seul avec le prêtre, Abd-
er-Rhaman lui déclara qu'à son lit de
mort, il entendait embrasser la foi chré-
tienne. Après quelques interrogations, le
prêtre le jugea digne de recevoir les
sacrements; il le baptisa et le fit com-
munier.

— Mon fils, lui dit-il ensuite, ayez
confiance en Christ, car c'est lui le maître
qui paie l'ouvrier de la dernière heure à
l'égal de ceux de la première, et c'est lui
le berger qui se sent plus de tendresse
pour la brebis retrouvée que pour celles
qui sont toujours restées au bercail.

— Frach, dit Abd-er-Rhaman, dès que
le prêtre l'eut quitté, commande qu'on
m'aille chercher l'iman de la mosquée de
Sidil-Akdar.

Lorsque l'iman fut près de lui, Abd-
er-Rhaman lui déclara qu'il mourait en
fidèle croyant, et lui demanda la bénédiction mahométane.

— Mon fils, lui dit l'iman, je te connais. Tu n'es pas un de ces musulmans livrés aux vices qui subiront pendant sept mille ans les tourments du Gehennam, avant de pénétrer dans le jardin des bienheureux. Tu ne t'es pas adonné au vin ni aux boissons fermentées; tu as observé les jeûnes, les prières et les ablutions; tu as fait l'aumône aux prêtres et aux pauvres : tu jouiras de la récompense que tes œuvres t'ont méritée. Je te bénis au nom du Clément et du Miséricordieux, et de Mohammed qui est son prophète!

Et, avant de sortir, il étendit solennellement ses deux mains au-dessus de la face pâle et décharnée du mourant.

Pendant les heures qui suivirent, le vieux tâleb, qui s'affaiblissait de plus en plus, adressa tour à tour des prières ferventes à Aïssa et à Mohammed. Cette nuit-là, par un prodige unique, il eut vraiment deux croyances, absolues toutes les deux : car il ne les comparait plus et ne s'arrêtait plus à leurs contradictions : il se contentait de songer séparément à chacune d'elles, et d'y adhérer de toutes les forces de son âme.

Un grand frisson le traversa, et il connut qu'il allait mourir. Il se souleva

à demi sur sa couche, et il eut encore
la force de se recommander à voix haute
à ses deux maîtres, en un double élan
de foi et d'amour :

— Sidi Aïssa, prends pitié de moi au
moment où je vais paraître devant Dieu
dont tu es vraiment le fils ! — Sidi
Mohammed, ne m'abandonne pas au
moment où je vais être jugé par Allah,
dont tu es vraiment le prophète !

Ce dernier effort l'épuisa. Il retomba
inerte. Il était mort.

Au même moment, l'âme d'Abd-er-
Rhaman s'éleva dans l'air supérieur,
laissant les prêtres des deux religions
se disputer ici-bas son enveloppe mor-
telle.

VI

L'âme d'Abd-er-Rhaman était une
vapeur subtile, transparente, figurant
exactement le corps qu'elle avait habité.
Le vieux tâleb avait toujours sa longue
barbe grise et son front chauve. Seulement, il était nu, et deux ailes lui étaient
venues sur le dos.

En se balançant dans l'air, il regarda
d'abord avec complaisance les maisons

de Constantine, qui se massaient confu-
sément au-dessous de lui. Quand il leva
les yeux, il aperçut deux anges qui
venaient de deux points opposés de
l'horizon. En un clin d'œil, l'un fut à sa
droite et l'autre à sa gauche. Le premier
était un ange blanc, d'une beauté si
douce qu'on ne peut l'exprimer. Le
second était beau aussi, mais d'une
beauté sombre ; et tout son corps était
noir comme l'ébène. Le premier tenait
une palme, et c'était Raphaël, qui est
l'Ange-de-la-Guérison pour les chrétiens.
Le second tenait une couronne, et c'était
Azraël, qui est l'Ange-de-la-Mort pour
les Musulmans.

— Abd-er-Rhaman, dit Raphaël, prends
cette palme, et suis-moi dans le paradis
de Jésus.

— Abd-er-Rhaman, dit Azraël, prends
cette couronne, et suis-moi dans le paradis de Mahommed.

— Esprits, leur répondit Add-er-
Rhaman, pourquoi me tromper ainsi et
vous jouer de moi ? Pendant mon existence terrestre, je n'ai pas su découvrir
quelle religion était la vraie ; mais jamais
je n'aurais imaginé qu'un tel doute pût
me suivre au milieu des habitants du
ciel. »

Raphaël sourit en entendant ces paroles.

— Abd-er-Rhaman, dit-il, sache enfin qu'aucune religion n'est plus vraie que les autres, parce que toutes sont également vraies à la fois. Toutes les croyances de l'homme enfantent leurs objets. Le paradis et l'enfer de Jésus existent vraiment pour les chrétiens, et vraiment aussi le Jardin et la Géhenne de Mahomet pour les musulmans. La réalité dans l'au-delà se modèle pour chacun de vous sur le songe qu'il a fait sur terre; et c'est de ce que vous avez rêvé pendant la vie que se compose votre destin après la mort. L'homme qui a cru à une religion l'a rendue vraie pour lui en y croyant; et il est jugé par elle. S'il est digne de récompense d'après son système, il jouit précisément du bonheur qu'il a espéré; s'il est digne de punition d'après sa doctrine, il subit précisément les tortures dont il a eu peur. Or tu as vécu d'une vie innocente et candide entre toutes, et jusque dans la vieillesse ton âme est restée blanche comme celle d'un petit enfant. En même temps, plus avisé que tous les autres hommes, tu as fait deux rêves, tu as accompli d'un cœur soumis les prescriptions matérielles de deux religions, et au dernier moment au moins tu as eu un élan de foi sincère vers chacune d'elles. Après une vie comme la tienne, celui-là est en règle avec Christ qui réclame les sacrements chrétiens, et qui invoque avec foi le nom du Sauveur ; celui-là est en règle avec Mahomet qui reçoit la bénédiction musulmane, et qui invoque avec foi le nom du Prophète. Tu es également pur, ô Abd-er-Rhaman, soit qu'on te juge par l'une ou par l'autre de tes deux croyances ; et c'est pourquoi tu peux maintenant choisir entre deux façons d'être heureux à jamais.

Abd-er-Rhaman, immobile dans les airs entre ses deux compagnons, regardait la terre tout en écoutant Raphaël, et se taisait. Quand il releva la tête pour parler, sa décision était prise ; il allait choisir d'entrer dans le paradis de Mohammed. Mais il regarda Raphaël avant de répondre, et soudain il changea de pensée. Raphaël était très beau et le regardait très doucement. Abd-er-Rhaman demanda au bel ange de le conduire dans le paradis de Jésus.

— Soit, dit Azraël souriant à son tour. Mais si jamais tu te fatigues du bonheur qu'il va t'offrir, viens seulement à la porte de son paradis et appelle-moi. Je te conduirai dans le jardin du prophète.

VII

C'était un lieu séduisant au premier abord que celui où Raphaël conduisit Abd-er-Rhaman. Des trônes y étaient disposés en nombre infini ; chaque élu en avait un qui lui était assigné, et Abd-er-Rhaman eut le sien comme les autres.

D'abord, il resta longtemps à sa place, immobile et comme en extase. Des milliers d'anges et de bienheureux chantaient des hymnes au Très-Haut, en s'accompagnant sur la harpe et sur le luth. Leurs instruments rendaient des sons bien autrement harmonieux que ceux des instruments terrestres de même nature, et leur chant était plus doux mille fois que n'est ici-bas celui de la calandre ou du rossignol. Si Abd-er-Rhaman eût connu l'Empyréologie et le traité des Occupations des Saints, il eût sûrement avoué sans difficulté que la musique céleste méritait le bien qu'en dit Henao, et que les voix des élus n'étaient point indignes des éloges qu'en fait Henriquez.

Cependant, peu à peu, le ravissement se dissipa, et Abd-er-Rhaman n'éprouva plus qu'un plaisir assez calme. Il en vint

même à se sentir un peu lassé par tant
de musique ; il lui semblait que si on eût
interrompu le concert un moment, il en
eût joui davantage ensuite. Mais le
concert du paradis ne s'interrompt jamais :
de loin en loin, un chœur de chérubins se
substitue à un chœur de séraphins ; des
bienheureux viennent prendre la place
d'autres bienheureux fatigués ; et c'est
tout. Le nombre des exécutants reste
toujours le même, et le bruit qu'ils font
n'augmente ni ne décroît, car il serait peu
séant de chanter tantôt plus haut et tantôt plus bas une gloire qui ne peut ni
diminuer ni grandir, et d'adresser un
hommage changeant à Celui qui ne change
jamais. C'est le Zabour du saint roi
David que les phalanges célestes chantent
ainsi en chœur ; quand on est arrivé à la
fin du vieux recueil, on revient tout de
suite au commencement ; et il n'y a point
de raison pour que cela finisse.

Le lieu, d'ailleurs, offrait d'autres ressources. Abd-er-Rhaman se mit à errer à
travers le paradis, suivant des yeux les
anges qui glissaient de tous côtés, légère-
ment vêtus de longues robes blanches,
avec des ceintures d'or et des étoiles
vertes.

Les anges sont fort beaux, et le jésuite
Crasset ne s'est point avancé trop en

écrivant qu'il y a grand plaisir à les voir, et que rien parmi nous n'approche de leur beauté. Malheureusement, comme un ange n'est point agité d'émotions diverses, on ne voit point non plus d'expressions différentes se succéder sur son visage ; et sa beauté immobile est plus semblable à celle d'une figure peinte qu'à celle d'un être vivant. En outre, comme dans l'âme de tous les anges habitent des vertus identiques, un charme identique aussi est répandu sur leurs traits, et il arrive qu'ils se ressemblent tous, et qu'après en avoir vu un on peut se dispenser de regarder tous les autres. Ils sont divisés en neuf chœurs, il est vrai ; mais rien n'est semblable à une Puissance comme une Principauté, et, quelque attention qu'on y mette, on n'arrive pas toujours à distinguer clairement une Domination d'une Vertu-des-Cieux.

Abd-er- Rhaman se fatigua de regarder toutes ces belles ombres. Il alla contempler Dieu, et s'en fatigua de même. Cela aussi était toujours la même chose ; et d'ailleurs, on ne voyait que très vaguement.

Ses frères les bienheureux l'occupèrent plus longtemps. Leur foule était curieuse, en effet, parce qu'elle était étrangement mêlée. S'il y en avait parmi eux dont le visage exprimait une douceur ineffable, il y en avait d'autres, en grand nombre, dont l'aspect était rébarbatif et le regard patibulaire. Abd-er-Rhaman apprit que c'étaient des voleurs et des faussaires, des chourineurs et des assassins, des tueurs de femmes et de petits enfants, à qui la peur avait donné au dernier moment le repentir et la foi, et qui avaient reçu les sacrements avant de marcher au supplice. La calme existence du paradis n'avait pu modifier leur traits ; la férocité y subsistait, quelque peu atténuée peut-être et plus vague, comme sur le visage d'un monstre endormi. Abd-er-Rhaman n'aimait point se trouver face à face avec un de ces élus ; il sentait bien, à la façon dont ils fixaient sur lui leurs yeux troubles, qu'ils n'avaient au fond rien perdu de leurs instincts d'autrefois ; et il ne pouvait s'empêcher de songer que si les Esprits eussent été assez matériels pour donner et recevoir des coups, le paradis du doux maître Galiléen eût eu besoin d'une police bien vigilante pour ne point devenir tout à fait inhabitable aux gens pacifiques.

Cependant, Abd-er-Rhaman, maintenant que ses oreilles s'habituaient au retentissement de la musique céleste, commençait à percevoir des bruits loin-

tains qui ne l'avaient point frappé jusque-
là. Il entendait comme une grande rumeur,
interminable et gémissante, et plus triste
que la voix du vent lorsqu'il s'engouffre
dans les cheminées, ou que celle de la
mer quand elle se brise sur les grèves. Il
demanda ce que c'était ; on le lui dit. Cette
rumeur lointaine était composée de mil-
lions de sanglots et de cris de rage ; et
c'était la plainte des chrétiens morts coupables suivant leur doctrine, et que faisait
hurler les tortures de l'enfer. Ces damnés
n'étaient point tous de grands criminels.
Un des élus avaient parmi eux ses deux
frères, et il conta leur histoire à Abd-er-
Rhaman. C'étaient deux catholiques
fervents. Le premier avait toujours vécu
en honnête homme, mais il était mort
subitement au milieu d'une nuit d'amour
illégitime ; le second avait toujours vécu
en homme de bien, mais il avait péri de
mort violente le lendemain du premier
vendredi où il avait négligé l'abstinence
prescrite ; et, tous les deux subissaient
maintenant les tourments que, pendant
leur vie, ils avaient cru réservés à
l'homme en de tels cas.

Ces récits, et cette rumeur lamentable
entendue au loin, mirent au cœur d Abd-
er-Rhaman une grande tristesse et une
grande pitié ; mais cette pitié et cette

tristesse elles-mêmes ne suffirent bientôt plus à l'occuper ; et il sentit s'alourdir peu à peu sur sa pensée le poids d'un immense ennui.

Alors il interrogea les autres bienheureux, et il s'aperçut qu'ils étaient tous possédés d'un ennui égal, que tous étaient accablés de la monotonie de leur bonheur, et qu'il n'y avait point un seul d'entre eux qui ne fût rassasié de contempler toujours le même ange, indéfiniment multiplié, et d'entendre chanter toujours les mêmes vers, aux sons éternels de la harpe et du psaltérion.

— Mon fils, lui disait un jour un vieillard à longue barbe blanche, on me nommait autrefois Raban-Maur, et j'étais célèbre pour ma tristesse autant que pour mon savoir entre tous les moines de l'abbaye de Fulda. Mais, si triste que j'ai été sur terre, je le suis devenu bien davantage encore depuis mille ans que j'habite au ciel. Ma fatigue a été en grandissant de siècle en siècle, et elle est aujourd'hui sans bornes. Depuis longtemps j'ai perdu le courage de me plaindre et d'errer de l'un à l'autre, comme tu fais dans l'inquiétude de ton inaction. Je ne m'éloigne plus de ce siège où tu me vois ; j'y passe des jours sans faire un mouvement et des mois sans me lever. Ma seule consolation est de songer que ces choses ne doivent pas durer toujours, et mon seul souci de mesurer le temps qu'elles peuvent mettre encore à finir.

— Hé quoi! dit Abd-er-Rhaman, n'es-tu point immortel, et le paradis doit-il finir un jour?

Le vieillard leva la tête et le regarda, puis il reprit, laissant tomber de ses lèvres les paroles abondantes, monotones et froides, comme le ciel laisse tomber les neiges, sans les hâter ni les ralentir, avec un air d'inconsience et d'ennui :

— Chacun des paradis et des enfers est comme la projection d'un rêve humain sur le mur de l'abîme; mais pour enfanter un enfer et un paradis, il ne suffit point d'un élan parti d'une âme et d'un rayon sorti d'un œil; une croyance qui n'a qu'un fidèle ne produit qu'un fantôme inconsistant et qu'une insaisissable ébauche; et tout rêve solitaire est un rêve perdu. Lorsqu'une doctrine n'est partagée que par un très petit nombre d'hommes, ses adhérents se trouvent à leur mort dans le vide et dans le noir, au milieu de vagues linéaments sans matière et sans forme; et comme c'est une loi de la nature que tout être s'identifie avec le milieu où il est jeté, eux-mêmes s'évanouissent aussitôt et rentrent au Néant. Mais quand beaucoup

d'yeux humains sont fixés à la fois sur le
même rêve, tous les rayons sortis de ces
yeux se réunissent et se fécondent mu-
tuellement ; le rêve se condense et devient
réalité ; et ceux qui y ont cru pendant
qu'ils vivaient en jouissent pleinement dès
qu'ils sont morts. C'est ce qui nous est
arrivé, à nous tous qui sommes ici. Prends-
y bien garde, pourtant : ni ces choses, ni
ces êtres, ni ces harpes, ni ces anges, rien
de ce que tu vois n'a un principe propre
d'existence, et ne saurait durer par soi-
même ; rien de tout cela ne peut subsister
si le rêve qui l'a créé ne continue à
l'entretenir. Or, ni toi ni moi nous ne
rêvons plus, ni personne d'entre nos
compagnons : car la possession tue le
désir ; et commencer à jouir, c'est finir
de rêver. Il faut donc que ce soit le rêve
des hommes terrestres qui, en se conti-
nuant sans trêve, alimente la réalité de
ce qui nous entoure ; et cela est ainsi en
effet. Vois ce trône où je suis assis ; consi-
dère ces anges qui passent devant nous :
ces objets, qui te semblent exister par eux-
mêmes, reçoivent à tout moment leur existence de l'extérieur. Ainsi, lorsque tu étais
sur la terre, tu regardais le disque de la
lune, et tu ne t'apercevais point qu'il ne
brillait que par une suite ininterrompue
de rayons qui lui venaient du soleil. Que

le soleil pâlisse, et la lune deviendra moins brillante ; que le soleil s'éteigne, et la lune disparaîtra à son tour. De même, les paradis et les enfers perdent de leur consistance à mesure que la croyance dont ils procèdent s'affaiblit parmi les hommes ; et quand une religion meurt, le même jour qui la voit s'éteindre sur terre voit aussi disparaître dans l'au-delà les derniers vestiges de ce qu'elle y avait créé. Et c'est la destinée des damnés comme des élus de suivre le lieu qu'ils habitent dans ses vicissitudes, et de l'accompagner dans sa disparition.

Voilà comment beaucoup de paradis et d'enfers ont péri tour à tour, et comment il ne reste plus rien du Valhalla des Scandinaves, ni de l'Amenthès des Egyptiens. Les Champs-Elysées aussi et le Tartare des vieux païens se sont évanouis dès qu'ils n ont plus eu de croyants sur la terre ; et avec eux ceux qui les habitaient sont rentrés dans le néant. Et vraiment les innocents n'en ont pas été moins joyeux que les coupables, ni les bienheureux moins satisfaits que les condamnés.

Songes-y, en effet : le bonheur qu'ils avaient rêvé ne consistait que dans le calme et dans la mémoire de leur existence terrestre. Que dirais-tu de l'homme qui jetterait un verre d'eau rougie de vin

dans un tonneau, puis dans le Tibre, et
qui croirait que le tonneau d'abord, et le
fleuve ensuite, en vont prendre la couleur
et le goût ? Ils étaient pareils à cet
insensé, eux qui jetaient, pour l'occuper,
dans l'éternité vide, composée de myriades
et de myriades d'années, leur misérable.
vie d'un jour, avec les soucis qui avaient
suffi pour la remplir. Aussi, quelle grandissante déception dans le cœur de ces
élus ! Il leur fallait nourrir de longs siècles de rêve avec le souvenir de quelques
courtes années d'action ; leur pensée leur
apparaissait plus mesquine, à mesure que
le temps qu'ils avaient pour s'y livrer
devenait plus long ; le contenu semblait
de plus en plus disproportionné, en égard
au contenant ; l'existence élyséenne n'était
qu'une rallonge toujours plus inutile et
plus insipide à l'existence terrestre ; et
ceux-mêmes qui avaient trouvé le plus
intéressant de vivre finissaient par trouver fastidieux d'avoir vécu. Achille après
dix siècles de conversations avec Patrocle sur leurs dix années de combat devant
Troie, n'était pas moins exaspéré par
l'ennui que Tantale par la soif ; Didon,
depuis mille ans qu'elle ne faisait autre
chose que de songer à la trahison d'Enée,
était aussi lasse de rouler ses souvenirs
en son cœur qu'Ixion de tourner sa roue

devant ses pas ; et les poètes eux-mêmes,
les poètes divins dont a parlé Virgile,
couchés sur les gazons éternels, se lais-
saient aller à une oisiveté morne, et pre-
naient en dégoût leur lyre et leur art,
lassés qu'ils étaient de se réciter leurs
anciennes chansons, et ne trouvant point
de matière à en composer de nouvelles,
parce que les choses autour d'eux restaient
toujours les mêmes.

Nous aussi, nous sommes destinés à
disparaître avec tout ce qui nous entoure ;
et cette disparition, qui sera complète le
jour où il n'y aura plus une âme chré-
tienne chez les vivants d'en bas, nous y
marchons graduellement à mesure que la
foi diminue parmi eux. Jadis, aux temps
où j'arrivai ici, nous avions tous des corps
matériels et tangibles, et c'était avec de
lourdes clés, en fer véritable, que Pierre
faisait tourner sur ses gonds la porte
énorme du paradis. Mais maintenant,
nous sommes, comme tu le vois, très
semblables à des ombres ; à travers la
porte, devenue transparente, on aperçoit
distinctement le vide extérieur ; deux ou
trois seulement d'entre nos saints ont
conservé leurs auréoles ; et les feux mêmes
de l'enfer sont devenus beaucoup plus
supportables qu'ils n'étaient il y a cinq
cents ans.

C'est ainsi, ô Abd-er-Rhaman, que
nous, qui sommes ici depuis longtemps, de
siècle en siècle nous nous sentons décroî-
tre et mourir, tels que des restes de feu
qui s'éteignent dans la cendre, ou que des
flocons de neige qui se fondent sur les
eaux. De corps que nous étions, nous
sommes devenus fantômes ; ces fantômes
deviendront fumée, et cette fumée deviendra néant. Et loin d'accuser le destin,
nous le remercions d'en avoir disposé ainsi,
de n'avoir pas voulu que nous fussions
châtiés éternellement de la niaiserie de
notre rêve mystique, et de nous avoir ré-
servé pour l'avenir le repos que nous au-
rions dû lui demander dès l'abord...

De tels discours n'étaient point pour
remettre la joie au cœur d'Abd-er-Rhaman ; et la tristesse du tâleb ne fit en effet
que grandir.

Du reste, il n'avait qu'à vouloir pour
changer de séjour ; et ce privilège était
fort envié des autres élus, de ceux-là
surtout que le scrupule avait fait vivre
dans la continence. Comme, à sa place,
ils se seraient hâtés d'échanger les mornes
plaisirs de ce paradis de fantômes contre
les solides jouissances du jardin de Mahomet ! Ils le lui disaient, et ils le regar-
daient avec un sourire triste et jaloux, car
aucun regret n'égale en amertume celui

des élus qui n'ont pas aimé. Abd-er-
Rhaman, lui aussi, avait idée que la
société des houris lui serait de plus de
ressources que celle de ces ombres
désolées. Il se décida à partir. Une grande
foule l'accompagna par curiosité jusqu'à
la porte. Il cria : « Azraël ! »

Azraël est un ange fort occupé; mais
il se déplace si rapidement qu'il semble
participer à l'ubiquité divine. En une
seconde, il fut près d Abd-er-Rhaman;
une seconde plus tard tous les deux
avaient disparu. Ce passage de l'ange
noir donna à toutes les âmes qui étaient
là un peu de divertissement et d'oubli.
On s'amusa un instant dans le paradis
chrétien : et cela fit que l'on s'y ennuya
beaucoup plus après.

VIII

Abd-er-Rhaman avait été étourdi par
la rapidité du vol d'Azraël. Quand il
reprit connaissance, il n'avait plus près
de lui l'ange noir.

Il n'était plus au pays des fantômes, et
il n'était plus un fantôme lui-même. Son
corps était redevenu matériel, et ses pieds
reposaient sur un terrain solide. Du reste,
la nuit était profonde autour de lui. Un

vent chaud lui frappait la face, et il le
sentait venir de l'ouverture d'un gouffre
très proche. Il sentait aussi qu'il n'était
point seul en ces ténèbres silencieuses,
mais entouré de beaucoup d'êtres qui
comme lui se taisaient et attendaient
comme lui : et cette pensée lui fit peur.

Brusquement, un jet de flamme s'élança
du gouffre, pareil à un grand oiseau rouge.
A cette lueur subite, Abd-er-Rhaman vit
une lame mince et tranchante comme celle
d'un rasoir, qui partait du sol mystérieux
où il se trouvait, et qui s'allongeait sur le
gouffre à perte de vue. Malgré lui, il
songea au nouveau pont El-Kantara que
les Roumis ont jeté sur le Rummel : ce
support sommaire lui en fit apprécier
l'asphalte, et cet éclairage initial lui en
fit regretter les réverbères. C'était l'endroit terrible, tel que l'ont décrit Yahia-
ben-Salem et Mohammed-ben-Abdallah.
Ce pont était le pont Sirath, et ce gouffre
le Gehennam.

On lui prit la main, et il suivit l'ange
qui l'avait prise. L'ange l'amena au bord
du pont de Sirath et l'y fit marcher, tandis
que lui-même se tenait à sa droite, sus-
pendu dans le vide. Abd-er-Rhaman
avança : le pont tranchant ne lui meurtrit
point les pieds, et il ne trébucha point
dans l'abîme. Trois grandes flammes

rouges, semblables à la première, lui mon-
trèrent tour à tour, en des visions sou-
daines, les trois pavillons redoutables. Il
les dépassa tous trois sans tomber, le
premier parce qu'il n'avait blasphémé ni
Allah ni le Prophète, le second parce qu'il
n'avait point fait de mal aux hommes, et
le troisième parce qu'il n'avait point
négligé les ablutions ni le jeûne.

Quand Abd-er-Rhaman fut au bout du
pont, l'ange le laissa seul, et il se trouva
devant une porte immense, qui s'ouvrit
d'elle-même à deux battants. Il était dans
le premier ciel, dont les murailles sont
d'argent fin et qu'habitent les Anges-
Animaux. Chacun de ces anges a la forme
d'une espèce de bêtes terrestres, et pré-
side à ses destinées; l'ange des rats a la
taille de nos éléphants, et celui des éléphants la hauteur de nos palais. Les uns
hurlent et les autres sifflent; beaucoup
s'entre-poursuivent et s'entre-fuient; et,
toujours traqué par l'Ange-des-Loups,
l'Ange-des-Moutons bêle et court lamen-
tablement, et depuis des siècles n'a point
cessé de bêler ni de courir. Abd-er-Rhaman ne fit que passer dans cette ménage-
rie; et il traversa cinq autres cieux sans
s'y arrêter davantage. Il y vit des pierres
précieuses et de l'or, — trop d'or et de
pierres précieuses, — des pavés de rubis,

des colonnes d'émeraude et des boiseries
de santal, et beaucoup d'autres choses
resplendissantes, monotones et inutiles.
Et la route commençait à lui sembler
longue, lorsqu'il arriva enfin au septième
ciel.

Au moment où il entrait dans le jardin,
son corps, qui était nu, se trouva tout à
coup vêtu d'une longue robe de soie verte,
et dès ses premiers pas, il sentit que
l'atmosphère seule pénétrait tout son être
d'une béatitude divine.

Ce qu'est ce lieu, aucune langue
humaine ne saurait le dire. C'est le jardin des délices, le grand jardin éternellement vert, que des rivières blanches
arrosent de lait, et que des fleuves rouges
arrosent de vin; c'est la retraite apaisée
et radieuse où le ciel n'est qu'un sourire,
où le vent n'est qu'un parfum et où la
terre n'est qu'une fleur; c'est l'endroit
unique qui comble avant qu'ils ne soient
formés tous les désirs des yeux et tous
les rêves de l'âme; c'est la demeure
bénie, ineffable et suprême, où celui qui
s'est penché pour ramasser un caillou
tient dans sa main une perle, où celui qui
s'est arrêté pour écouter le gazouillement
d'un oiseau entend la chanson d'un génie,
où celui qui a levé le bras pour cueillir
une grenade voit la grenade cueillie se

transformer en femme. Et ce paradis est l'œuvre d'un rêve opposé en tout à celui des Chrétiens : l'homme en le créant a bien vu qu'entre Dieu et lui, c'est lui qui est le faible, et que le faible a droit à l'égoïsme ; et sans chercher à faire quelque chose pour l'Éternel, avec une hardiesse d'enfant, il a signifié à l'Éternel de tout faire pour lui. Là, le but poursuivi n'est pas la gloire du Créateur, mais le bonheur de la créature ; les choses ne sont point tournées vers le Tout-Puissant pour lui chanter des louanges dont il n'a que faire, mais vers les atomes pour leur donner la joie dont ils ont tant besoin ; et loin que l'homme doive se détacher de sa personne pour se donner à Dieu, il semble que ce soit Dieu lui-même qui se multiplie sous toutes les formes sensibles afin de se donner à l'homme.

Ça et là, des bienheureux étaient couchés nonchalamment au pied des arbres, les uns seuls, et les autres avec des femmes sans voile, aux yeux noirs, qu'Abd-er-Rhaman comprit être des houris. Deux anges vinrent au-devant du tâleb, et le conduisirent sous l'immense arbre El-Mentaha. Là était dressée une longue table faite d'un seul diamant ; et, autour de cette table, des milliers de bienheureux, tous vêtus de longues robes

vertes qui les rendaient pareils vaguement
à de grands perroquets, adossés tous sur
de larges sièges de repos près de houris
aux yeux noirs, mangeaient dans des
plats d'argent des choses inconnues sur
terre, et buvaient l'eau de Selsibil dans
des coupes d'or. Abd-er-Rhaman ne trouva point à ces élus un air aussi allègre
qu'il s'y attendait, et il pensa qu'ils étaient
bien difficiles. Puis l'eau de Selsibil l'emplit d'une grande joie, et il ne s'inquiéta
plus de ce que ressentaient les autres.

Les serviteurs étaient des génies ado-
lescents, dont les regards se voilaient si
joliment sous leurs cils longs qu'ils don-
naient envie de les baiser tous. Abd-er-
Rhaman prit une orange dans un bassin
d'argent que lui présenta un de ces génies;
et en ouvrant le fruit, il en vit sortir une
manière de jouet vivant qui grandit en un
instant jusqu'à devenir une femme plus
belle que tous les désirs. Quand la nuit
descendit, tendre et divine, il se retira
avec sa compagne dans un pavillon fait
d'une perle creuse; et, comme il en passait
le seuil, il entendit retentir à travers le
jardin une grande voix qui lui sembla
comme l'écho de l'allégresse qui chantait
dans son cœur. C'était la voix mysté-
rieuse qui chaque soir fait entendre aux
élus ces paroles :

— « Voilà le paradis qui vous fut promis en récompense de vos œuvres ! »

Pendant beaucoup de jours, la promenade dans le jardin l'emplit du même
bien-être, l'eau de Selsibil lui donna le
même enivrement, et les vierges célestes
lui inspirèrent la même ardeur. Bien des
soirs encore il rentra dans sa perle creuse
avec quelque houri d'une des quatre
espèces qui sont au ciel. Puis arriva le
dénoûment fatal : un jour, il eut moins de
goût pour les ombrages, et moins d'em-
pressement à boire l'eau merveilleuse ; et
le soir, il dut s'avouer qu'il était las des
vierges rouges autant que des blanches,
et des vierges jaunes autant que des vertes.

Abd-er-Rhaman, ce soir-là, se promena
seul à travers les allées sombres, et il
chercha à s'expliquer l'inquiétude qui l'op-
pressait. En y songeant, il lui sembla que
c'était de la plénitude même de sa satis-
faction que venait tout son mal. Il aurait
voulu qu'il lui manquât au moins une
chose, pour la désirer ou pour la chercher,
pour connaître encore la volupté de rêver
ou la ressource d'agir. Mais la jouissance
était toujours là, implacable, et elle sup-
primait tout à elle seule. Elle rendait le
rêve impossible et l'action inutile. Elle
tuait l'un et faisait avorter l'autre. Aussi,
l'âme d'Abd-er- Rhaman se vidait peu à

peu de toute pensée, et en même temps
il sentait s'amasser et s'agiter en lui une
force toujours inemployée, parce qu'il ne
trouvait jamais de résistance au dehors ;
et il résultait de là un double tourment.
Même sur terre, on se fût lassé d'une
telle vie ; on devait s'en lasser plus sûrement et plus vite encore au ciel. Sur terre,
on change sans cesse, et on voit tout changer autour de soi ; on a envie de se retenir
à tout, parce que tout passe et qu'on se
sent passer aussi ; et on s'attache d'autant
plus aux choses qu'on peut craindre à
chaque instant de se les voir arracher
violemment, et qu'en tout cas on les sent
vous échapper un peu chaque jour. Mais
ceux qui sont au paradis sont les habitants
fixes d'un monde fixe ; et leur vie est
pareille à une horloge arrêtée. Ils savent
que pendant des siècles ils doivent conser-
ver le même âge et posséder les mêmes
bonheurs ; et ils se désintéressent vite
d'une aussi monotone félicité. L'homme se
dit qu'il voudrait posséder à jamais ce
plaisir qu'il saisit un instant, qui se dérobe
aussitôt et qu'il s'épuise à poursuivre ici
et là ; et le petit chat songe aussi qu'il
voudrait bien tenir pour toujours ce
ruban bleu qu'on agite de côté et d'autre
devant lui, et qui le fait tant courir. Mais
qu'on donne au chat le ruban immobile

entre ses pattes, et à l'homme le bonheur
immobile au paradis, et tous les deux
auront tôt fait de s'en lasser. Abd-er-
Rhaman en était là. Sa faculté de jouissance avait eu beau s'agrandir à son entrée
au ciel, elle n'était pourtant pas devenue
infinie, car aucune des facultés d'un être
limité ne peut être sans limites ; et la conti-
nuité du plaisir avait assez vite rassasié
ses sens et refroidi son âme.

Le charme était rompu. Abd-er-Rhaman fut plus désenchanté encore le lendemain et les jours suivants. Il rechercha
la société de ses compagnons et son ennui
s'accrut sous l'influence du leur. Beaucoup d'ailleurs ne quittaient plus leurs
demeures de perle creuse. Le Prophète
lui-même, très sombre depuis qu'il n'avait
plus d'infidèles à combattre, vivait dans
une réclusion absolue ; et il y avait des
siècles qu'on ne l'avait vu sortir de son
palais aux soixante-dix mille pavillons.

Mais, si tristes que fussent les hommes,
les femmes l'étaieut bien plus encore ; et
elles l'étaient presque dès leur arrivée ;
car leur part était beaucoup moins grande
aux jouissances divines. Les houris ne leur
étaient d'aucun usage ; elles ne trouvaient
en entrant au paradis personne à aimer
et personne qui les aimât ; et elles n'avaient
guère d'autre occupation que de gémir

sur la destinée qui voulait qu'elles fussent délaissées dans le monde d'en haut par les mêmes maris qui les avaient emprisonnées dans celui d'en bas.

Et, si sombres que fussent les femmes, les bêtes admises dans le jardin l'étaient bien davantage. La chamelle du prophète Saleh, toujours accroupie à terre, levait à peine sur les passants sa tête dédaigneuse et bizarre ; et le chien Ar-Rakim semblait se divertir moins encore que pendant les trois cent neuf années qu'il resta couché, les pattes étendues, à l'entrée de la caverne des Sept-Dormants. La Fourmi elle-même, la bonne et sage fourmi qui fit compliment à Soléÿman, et lui offrit une cuisse de sauterelle, avait fini par se lasser d'emplir toujours ses caves pour des hivers qui n'arrivaient point. Elle avait pris en dégoût ce monde où l'on n'avait rien à faire, et ces élus toujours inoccupés ; et quand Abd-er-Rhaman voulut lier conversation avec elle, elle secoua sa petite tête, et s'éloigna sans répondre.

Ainsi tout était morne au septième ciel, les hommes, les femmes et les bêtes ; et tous les soirs la voix, qu'Abd-er-Rhaman trouvait maintenant lugubrement ironique, faisait retentir dans l'immensité du jardin ces paroles invariables :

« Voilà le paradis qui vous fut promis
en récompense de vos œuvres ! »

IX

Cependant Abd-er-Rhaman avait
retrouvé au paradis son plus cher ami
d'enfance, Salah-ben-Hassein; et il s'en-
tretenait souvent avec lui. Salah était à la
fois l'être le meilleur et le plus savant qu'il
eût connu sur terre. Un soir, ils se pro-
menaient de long en large sous les arbres
éternels, le long des éternels pavillons de
perle creuse; et pour la centième fois ils
parlaient de leur ennui.

— Est-ce donc là tout? dit Abd-er-
Rhaman; et l'homme ne peut-il espérer
après sa mort, que ce paradis ou celui de
Jésus?

— Non, ce n'est point tout, répondit
Salah, et il t'aurait suffit de te convertir
à d'autres religions pour être conduit à
d'autres cieux. Comme tu as passé le pont
Sirath pour venir ici, tu aurais pu passer
le pont Tchinevad pour aller au Behescht
des Parsis, et le Pont-de-Bambou pour
aller au paradis des Formosans. Si tu
avais partagé le rêve de Kalmoucks, tu
pourrais contempler aujourd'hui le dieu
Altangatufun, qui a le corps et la tête

d'un serpent et les quatre pattes d'un lézard; et si tu t'étais imaginé un jour que le vrai pût être dans les cultes informes de peuplades plus sauvages encore, il te serait loisible maintenant de visiter les lieux vagues et terribles où vivent et règnent les êtres monstrueux rêvés par les nègres du Darfour et par les hommes à demi singes qui font leurs demeures sur les arbres des forêts d'Australie.

Abd-er-Rhaman, naïvement, regretta de n'avoir pas fait tous ces voyages.

— Et quand tu les aurais faits? reprit Salah en secouant la tête. Tu as joui du moins sot des rêves mystiques et du plus complet des rêves sensuels; et ni ton extase ni ton ivresse n'ont été de longue durée. Quand même, après cela, tu aurais parcouru les vingt-huit cieux des bouddhistes et les vingt-sept paradis des Cafres, tes voyages auraient pourtant pris fin, et tu aurais trouvé l'ennui suprême au bout. Tôt ou tard, tu aurais vu qu'en dépit de tous les rêves d'avenir qu'il a échafaudés, l'homme après sa vie terrestre n'est bon vraiment qu'à mourir, et que ce n'est qu'un Être infini et parfait qui serait capable d'être immortel; tu aurais compris que s'il est parfois amusant d'être en route, il est bien vite ennuyeux d'être au but, et que ce qu'il est prudent de souhaiter au terme de la marche humaine, ce n'est pas la fixité de la jouissance, mais l'immobilité du sommeil; et tu aurais fini par t'avouer que si la vérité était connue des hommes, les plus sages seraient ceux qui ne feraient aucun rêve, afin de n'en voir aucun se réaliser, et qui ne penseraient qu'au Néant sur la terre, afin d'être bien sûrs d'en jouir aussitôt après l'avoir quittée.

JUSTIFICATION DU TIRAGE

Limité à 9 exemplaires sur papier de Chine, numérotés de 1 à 9; 27 exemplaires sur papier Japon Tokio, numérotés de 10 à 36; 80 exemplaires sur papier vélin à la forme d'Arches, numérotés de 37 à 116; 1600 exemplaires sur vélin à la forme de Voiron, numérotés de 117 à 1716. Cet ouvrage a été achevé d'imprimer le 28 Février 1921 sur les presses de E. Keller, à Paris.